www.ingramcontent.com/pod-product-compliance
Lightning Source LLC
LaVergne TN
LVHW050830051026
849532LV00008B/3210
9789369088805

بڑوں نے لکھا بچوں کے لئے ۱۴

بچوں کی انجم قدوائی

جمع و ترتیب : اعجاز عبید

Bachchon ki Anjum Qidwai *(Kids Stories)*
by: Anjum Qidwai
Edition: April '2025
Publisher :
Taemeer Publications LLC (Michigan, USA / Hyderabad, India)

ISBN 978-93-6908-880-5

کتاب : **بچوں کی انجم قدوائی** (کہانیاں)
مصنفہ : **انجم قدوائی**
ترتیب / تدوین : اعجاز عبید
صنف : ادب اطفال
ناشر : تعمیر پبلی کیشنز (حیدرآباد، انڈیا)
سالِ اشاعت : ۲۰۲۵ء
صفحات : ۳۲
سرورق ڈیزائن : تعمیر ویب ڈیزائن

کون سی کہانی کہاں؟

واہ ری بی لومڑی

ایک دیہاتی اپنی لاٹھی میں ایک گٹھری باندھے ہوئے گانے گاتا سنسان سڑک پر چلا جا رہا تھا۔ سڑک کے کنارے دور دور تک جنگل پھیلا ہوا تھا اور کئی جانوروں کے بولنے کی آوازیں سڑک تک آ رہی تھیں۔

تھوڑی دور چل کر دیہاتی نے دیکھا کہ ایک بڑا سا لوہے کا پنجرہ سڑک کے کنارے رکھا ہے اور اس پنجرے میں ایک شیر بند ہے۔ یہ دیکھ کر وہ بہت حیران ہوا اور پنجرے کے پاس آگیا۔

اندر بند شیر نے جب اس کو دیکھا تو رونی صورت بنا کر بولا۔

''بھیا تم بہت اچھّے آدمی معلوم ہوتے ہو۔ دیکھو مجھے کسی نے اس پنجرے میں بند کر دیا ہے اگر تم کھول دو گے تو بہت مہربانی ہوگی۔''

دیہاتی آدمی ڈر رہا تھا مگر اپنی تعریف سن کر اور قریب آگیا۔ تب شیر نے اس کی اور تعریف کرنا شروع کر دی۔

''بھیّا تم تو بہت ہی اچھے اور خوبصورت آدمی ہو یہاں بہت سے لوگ گزرے مگر کوئی مجھے اتنا اچھا نہیں لگا۔ تم قریب آؤ اور پنجرے پر لگی زنجیر کھول دو۔ میں بہت پیاسا ہوں۔ دو دن سے یہیں بند ہوں۔''

اس آدمی کو بہت ترس آیا اور اس نے آگے بڑھ کر پنجرے کا دروازہ کھول دیا۔

شیر دھاڑ مار کر باہر آ گیا اور دیہاتی پر جھپٹا۔ ۔

اس نے کہا ''ارے میں نے ہی تم کو کھولا اور مجھ ہی کو کھانے جا رہے ہو؟

شیر ہنس کر بولا ''اس دنیا میں یہی ہوتا ہے اگر یقین نہیں آتا تو پاس لگے ہوئے پیڑ سے پوچھ لو۔ ۔''

دیہاتی نے پیڑ سے کہا۔ ''بھیّا پیڑ! میں راستے پر جا رہا تھا شیر پنجرے میں بند تھا۔ اس نے مجھ سے کہا کہ مجھے کھول دو اور میں نے کھول دیا۔ اب یہ مجھ ہی کو کھانا چاہتا ہے۔''

پیڑ نے جواب دیا۔

''اِس دنیا میں ایسا ہی ہوتا ہے۔ لوگ میرے پھل کھاتے ہیں اور میرے سائے میں اپنی تھکن مٹاتے ہیں۔ مگر جب ضرورت پڑتی ہے تو مجھے کاٹ کر جلا بھی دیتے ہیں۔ مجھ پر ترس نہیں کھاتے۔''

شیر یہ سن کر پھر دیہاتی پر جھپٹا۔ ۔

اس نے کہا، ''رکو ابھی کسی اور سے پوچھ لیتے ہیں''۔ اس نے راستے سے پوچھا۔

''بھائی راستے!۔ دیکھو کتنی غلط بات ہے کہ شیر کو پنجرے سے میں نے نکالا اور وہ مجھ ہی کو کھانا چاہتا ہے۔''

راستے نے کہا۔ ''ہاں بھائی! کیا کریں دنیا ایسی ہی ہے۔ مجھ پر چل کر لوگ منزل تک پہنچتے ہیں میں ان کو تھکن میں آرام دینے کے لئے اپنے اوپر سلا لیتا ہوں۔ مگر جب ان کو مٹی کی ضرورت ہوتی ہے تو میرے سینے پر زخم ڈال کر مجھے کھود ڈالتے ہیں۔۔ یہ نہیں سوچتے کہ میں نے کبھی آرام دیا تھا۔''

شیر یہ بات سن کر پھر جھپٹا۔۔۔ دیہاتی سہم کر ایک قدم پیچھے ہٹا۔

تب وہاں ایک لومڑی گھومتی نظر آئی۔۔ دیہاتی اس کی طرف لپکا۔۔ اور بولا۔ ''دیکھو یہاں کیا غضب ہو رہا ہے''۔

لومڑی اطمینان سے ٹہلتی ہوئی قریب آئی اور پوچھا۔۔ "کیا بات ہے؟ کیوں پریشان ہو"

دیہاتی نے کہا کہ "میں راستے سے جا رہا تھا۔۔ شیر پنجرے میں تھا اور پنجرہ بند تھا۔ اس نے میری بہت تعریف کی اور کہا کہ پیاسا ہوں کھول دو اور جب میں نے اسے کھولا تو یہ مجھ پر جھپٹ پڑا۔۔ یہ تو کوئی انصاف نہیں۔۔ اور جب ہم نے پیڑ سے پوچھا تو وہ کہہ رہا ہے کہ یہی صحیح ہے اور جب راستے سے پوچھا تو وہ بھی یہی کہہ رہا ہے کہ شیر کی بات ٹھیک ہے۔ اب بتاؤ میں کیا کروں؟"

شیر کھڑا یہ سب باتیں سن کر یہی سوچ رہا تھا کہ دیہاتی کی بات ختم ہو تو اس کو کھا کر اپنی بھوک مٹاؤں۔

لومڑی بولی۔ "اچھا میں سمجھ گئی تم پنجرے میں بند تھے اور پیڑ آیا اور اس نے تم کو۔۔۔"

"ارے نہیں۔۔۔ میں نہیں شیر بند تھا" دیہاتی نے سمجھایا۔

''اچھا۔'' لومڑی بولی

''شیر بند تھا اور راستے نے شیر کو کھول دیا تو تم کیوں پریشان ہو؟''

''اف فوہ۔۔۔ راستے نے نہیں میں نے اس کو پنجرے سے۔۔۔'' دیہاتی الجھ کر بولا۔

''بھئی میری سمجھ میں کچھ نہیں آرہا کون بند تھا۔۔۔۔۔۔؟ کس نے کھولا؟ کیا ہوا۔۔۔؟ پھر سے بتاؤ۔'' لومڑی نے کہا۔

شیر نے سوچا بہت وقت برباد ہو رہا ہے وہ بولا۔ ''میں۔۔۔پنجرے میں۔۔۔''

یہ کہہ کر وہ پنجرے کی طرف گیا اور اندر جا کر بولا۔

''یوں بند تھا تو۔۔۔۔۔''

لومڑی نے آگے بڑھ کر پنجرے کا دروازہ بند کر دیا اور زنجیر چڑھا دی۔

پھر مڑ کر دیہاتی سے بولی ''اب تم اپنے راستے جاؤ۔ ۔ ہر ایک مدد کے قابل نہیں ہوتا ہے۔''

دیہاتی نے اپنی لاٹھی اٹھائی اور احسان مندی سے لومڑی کو دیکھتا ہوا تیز تیز قدموں سے چلتا ہوا راستے سے گزر گیا۔

***

بندریا بہو بیگم

کسی دور دراز کے ملک میں ایک بادشاہ رہا کرتا تھا جس کے تین بیٹے تھے تینوں بہت ذہین اور تمام عمل و فن میں یکتا تھے۔ تیر اندازی ہو یا تلوار چلانے کے جوہر، جنگ کے تمام باریکیوں سے واقف تھے۔ شہزادے جوان ہو چکے تھے بادشاہ کی خواہش تھی کہ ان کی شادی کر دی جائے۔ بادشاہ نے جیوتشی کو بلایا اور اس سے اپنے دل کی بات

بتائی۔ جیوتشی نے دو دن کا وقت مانگا اور تیسرے دن دربار میں آکر بادشاہ کو اپنی رائے سے آگاہ کیا۔ اس نے بتایا کہ تینوں کی کنڈلی دیکھی تو ایک بات نظر آئی کہ ان لوگوں کی شادی کرنا آسان نہیں ایک لڑکے کی شادی میں مشکل آ سکتی ہے۔

''اب وہ لڑکا کون ہے یہ میں نہیں بتا سکتا۔ ان کو میرے ساتھ جنگل بھیج دیجئے میں کوئی ترکیب کرتا ہوں۔'' لہٰذا یہ تینوں جوتشی کے ساتھ جنگل گئے۔ وہاں ایک درخت کے پاس جا کر جوتشی نے کہا کہ تم تینوں اپنی اپنی کمان سے تیر چلاؤ جہاں بھی جس ملک کی طرف تیر جائے گا وہاں کی شہزادی کو پیغام بھیج دیا جائے۔

تینوں بیٹوں نے کمان میں تیر لگا کر چھوڑا بڑے بیٹے کا تیر اتر کی ایک بہت بڑی ریاست کی طرف پایا گیا دوسرے بیٹے کا تیر دکن کی ریاست کی طرف پایا گیا تیسرے بیٹے نے جو تیر چلایا وہ ایک پیڑ پر بیٹھی بندریا کی دم میں اٹک گیا۔

وہ پیڑ سے اتاری گئی اور طے ہوا کہ چھوٹے بیٹے کی شادی اسی بندریا کے ساتھ کی جائے گی۔ وہ بہت دکھی اور شرمندہ تھا مگر مجبوری تھی پہلے بچے والدین کی بات نہیں ٹالتے تھے اس لئے وہ خاموش ہو گیا۔

سب شہزادوں کی شادی بہت دھوم دھام سے ہوئی۔ دو ملکوں کی شہزادیاں محل میں اتریں مگر تیسری کے لیئے چھوٹے شہزادے کی خواہش پر الگ محل کا انتظام کیا گیا۔

دونوں بڑے شہزادے اپنی رانیوں کے ساتھ خوش وخرم زندگی بسر کرنے لگے مگر چھوٹے شہزادے کے پاس تو دلھن کے نام پر ایک بندریا تھی وہ بہت پریشان اور شرمندہ رہتا تھا۔

ایک بار بادشاہ اور ان کی ملکہ نے کہا کہ وہ اپنی بہوؤں کا سلیقہ دیکھنا چاہتے ہیں لہذا ان کو ایک ایک رومال کاڑھنے کے لیئے دیا گیا۔ دونوں بہویں اپنے ہنر دکھانے کے لیئے محنت سے رومال پر پھول بوٹے بنانے لگیں۔ چھوٹے شہزادے کو بہت شرمندگی ہوئی مگر جب

بندریا نے ان سے پوچھا تو اس نے یہ بات بتا دی۔ بندریا نے کہا کہ وہ رومال لے آئے۔

جب سب کے رومال بن کر تیار ہوے تو بادشاہ اور ملکہ کی حیرت کی انتہا نہیں رہی کہ سب سے خوبصورت کڑھائی چھوٹے شہزادے کی بیوی نے کی تھی، جبکہ وہ بندریا تھی۔

دونوں بڑی بہوؤں کو بہت برا بھی لگا۔

چند دن بعد بادشاہ اور ملکہ نے کہا کہ وہ بہوؤں کے ہاتھ کا بنا کھانا کھانا چاہتے ہیں۔ دونوں بہوئیں تیاری میں لگ گئیں۔ مگر چھوٹا شہزادہ افسردہ ہوگیا۔ بندریا نے جب پوچھا تو کہا کوئی بات نہیں میں کھانا پکا کر دوں گی۔ آپ بھجوا دیجئے گا۔ سب کے پکائے کھانے تخت پر چن دئے گئے۔

دونوں نئی دلہنوں کے کھانے کی خوب تعریف ہوئی جب تیسرا خوان کھلا تو خوشبو سے سارا دالان مہک گیا۔ کھانے اس قدر خوبصورت اور

رنگین تھے کہ سب کی نظریں ان پر جم گئیں اور جب وہ کھانا بادشاہ اور ملکہ نے کھایا تو واہ واہ کرنے لگے۔ سب سے مزے دار اور نفاست سے بنایا ہوا کھانا چھوٹی رانی کا تھا جو بندریا تھی۔

ملکہ اور بادشاہ کو ایک بار پھر سب دلھنوں کو ایک ساتھ دیکھنے کو دل چاہا۔

اس بار چھوٹا شہزادہ رو پڑا۔۔۔ کھانے اور رومال تک تو بات ٹھیک تھی مگر ان حسین ترین شہزادیوں کے درمیان یہ بندریا کیسے جائے گی۔ بندریا کے پوچھنے پر شہزادے نے سارا ماجرا کہہ دیا۔

چھوٹی بہو نے تسلی دی اور کہا ''شرط یہی ہے کہ آپ وہاں نہ جایئے گا۔ میں ڈولی میں بیٹھ کر اکیلی ہی جاؤں گی۔'' شہزادہ پہلے ہی شرمندہ تھا فوراً مان گیا۔

پہلے بڑی دلھن سامنے آئیں۔ بہت حسین لڑکی تھی گلابی لباس میں سج رہی تھی۔

منجھلی دلھن نے ہرا لباس پہنا تھا اور بہت سارے زیورات سے آراستہ تھی۔

پھر ڈولی سے چھوٹی دلھن کو اتارا گیا اس کے گورے سفید پیروں میں پازیب جگمگائی اور جب اس نے چادر الٹی تو ملکہ اور بادشاہ اس کو دیکھتے ہی رہ گئے گھرے سرخ رنگ میں ایک نگینہ کی صورت۔ اس نے جھک کر سلام کیا۔۔۔ اس کے بالوں میں افشاں چمک رہی تھی گلابی چہرہ، خوبصورت ہونٹ اور چھریرہ بدن وہ ایک پھولوں کی ڈالی سی محسوس ہو رہی تھی۔ تینوں بہویں ساتھ بیٹھی تھیں اور اس کے چہرے کی روشنی سے سارا محل روشن تھا۔ سارے لوگ حیرت سے اسے دیکھ رہے تھے۔

کسی نے چھوٹے شہزادے تک یہ خبر پہونچا دی کہ اس کی دلھن تو ایک پری جیسی ہے۔ شہزادے نے شرط توڑ دی اور چھپ کر اسے دیکھا اور گھوڑے پر بیٹھ کر واپس اپنے محل پہونچا۔ اپنی دلھن کے

کمرے میں جا کر اس نے دیکھا کہ بندریا کی کھال ایک طرف رکھی ہے۔ اس نے فوراً وہ کھال اٹھائی اور مشعل سے اس کو آگ دی۔۔۔ ادھر چھوٹی دلھن کو اچانک بہت بے چینی ہوئی اور وہ اجازت طلب کر کے ڈولی میں بیٹھ گئی اس کی پازیب سے پیر جھلسنے لگے تھے دھیرے دھیرے سارے جسم میں آگ بھرنے لگی وہ جلنے لگی۔ ڈولی جب تک محل میں پہونچی وہ کافی جل چکی تھی بھاگتی ہوئی کمرے میں آئی اور شہزادے سے اپنی کھال کھینچ لی۔ مگر کھال کا بہت حصہ جل چکا تھا اور وہ بھی بری طرح جل چکی تھی وہ زمین پر گر کر تڑپنے لگی۔ شہزادہ گھبرا گیا۔ حکیم بلائے گئے سب نے علاج کی کوشش کی مگر جلن کسی طور کم نہ ہوئی۔

دوسرے ملکوں سے بھی طبیب آئے مگر اس کی جلن کم نہ کر سکے۔

شہزادہ بہت شرمندہ تھا اور پریشان بھی۔

پوری سلطنت کے طبیب آ چکے تھے اور طرح طرح کے علاج تجویز کیئے جا رہے تھے مگر جلن کسی صورت کم نہیں ہو رہی تھی۔

شہزادہ بیقرار ہو کر ٹہل رہا تھا اور کھال جلانے پر بیحد شرمندہ تھا۔ وہ ٹہلتا ہوا محل کے باغ میں آ گیا۔ اس کی بے چینی کسی طور کم نہیں ہو رہی تھی ایک بڑے درخت سے ٹیک لگا کر کھڑا ہو گیا۔

اس درخت پر دو چڑیاں آپس میں باتیں کر رہی تھیں شہزادے نے دھیان سے سنا وہ کہہ رہی تھیں۔

وہ بندریا نہیں پرستان کی شہزادی ہے۔ اس کی ایک چھوٹی سی غلطی پر اتنی بڑی سزا ملی ہے۔

''مگر اس نے کیا غلطی کی تھی کہ اس کو بندریا بنا دیا؟'' دوسری چڑیا نے پوچھا۔

''پرستان کے لوگ دنیا میں آنا پسند نہیں کرتے یہاں کے لوگ لڑتے جھگڑتے رہتے ہیں اس لئے پرستان میں کسی کو اس دنیا میں آنے کی

اجازت نہیں۔ مگر یہ شہزادی کم عمری اور نا سمجھی میں اس بات کو اہمیت نہ دے سکی اور دنیا میں آ گئی۔ اس لیئے اس کو بندریا بنا دیا گیا تا کہ یہ کبھی پرستان واپس نہ جا سکے۔''

''مگر اب کیا ہو گا۔ اس جلن کا کوئی علاج نہیں ہے کیا؟''

''علاج تو ہے۔ اسی پیڑ کے پھل کو پیس کر اگر زخموں پر لگایا جائے تو ٹھیک ہو سکتی ہے مگر دنیا والے مہنگی دوائیں تو خرید لیتے ہیں پیڑ پودوں کی قدر نہیں کرتے جن میں ہر مرض کی دوا ہے۔'' شہزادے نے چہرہ اوپر اٹھایا اور چڑیوں کا شکریہ ادا کیا پیڑ کے پھل چن کر محل میں واپس آ گیا اور نوکروں کی فوج ہوتے ہوئے بھی اپنے ہاتھوں سے وہ پیس کر مرہم تیار کیا اور جا کر اپنی دلھن کے زخموں پر لگایا۔ حیرت انگیز طریقے سے زخم ٹھیک ہونے لگے۔ دو ہی دن میں وہ اچھی ہو گئی مگر بہت خاموش تھی تیسری شام جب شہزادہ اس کی

مسہری کے قریب کرسی پر بیٹھا تھا، دروازہ کھلا اور پرستان کے راجہ اور رانی اندر آ گئے کمرہ ان کے نور سے دمکنے لگا۔

شہزادی جلدی سے اٹھی اور ان کے قدموں میں بیٹھ کر رونے لگی اور معافی مانگنے لگی۔ راجہ نے اس کو اٹھا کر گلے سے لگا لیا اور بولے۔

''بیٹی! تم نے بہت تکلیفیں اٹھالیں۔ اب تمہاری خطا معاف ہو گئی ہے۔'' رانی نے بھی بیٹی کو گلے لگایا اور شہزادے کے سر پر ہاتھ پھیرا۔

پرستان کے راجہ نے شہزادے کو دعائیں دیں اور کہا کہ اگر وہ چاہے تو پرستان چلے اور وہیں زندگی گزارے اسے کوئی تکلیف نہیں ہو گی۔

مگر شہزادے نے سہولت سے انکار کر دیا اور کہا وہ یہیں اسی ملک میں رہ کر اپنے والدین کی خدمت کرنا چاہتا ہے۔

پرستان کے راجہ اس کی اس بات سے بہت خوش ہوئے اور پرستان کے ڈھیروں سامان سے گھر بھر دیا۔

اور راجہ رانی پرستان واپس چلے گئے۔ شہزادہ اور اس کی دلھن ہنسی خوشی زندگی گزارنے لگے۔

***

شہزادی اور نمک

ایک بادشاہ کی سات بیٹیاں تھیں۔ وہ ان سے بے حد محبّت کرتا اور ان کے ہر آرام کا خیال رکھتا تھا۔

ایک بار جب دستر خوان سجا ہوا تھا سب ساتھ کھانے پر بیٹھے تھے کہ اچانک بادشاہ نے اپنی بیٹیوں سے ایک سوال پوچھا کہ تم سب مجھے کتنا چاہتی ہو۔

بڑی شہزادی نے کہا ''بابا! میں آپ کو گلاب جامن کی طرح چاہتی ہوں''۔ بادشاہ نے خوش ہوکر اس کو چار گاؤں دے دیئے۔

دوسری نے کہا ''میں آپ کو برفی کی طرح چاہتی ہوں'' ۔ بادشاہ نے اس کو کافی بڑا علاقہ انعام میں دے دیا۔ تیسری لڑکی نے کہا ''میں آپ کو امرتی کی طرح چاہتی ہوں۔ ۔ اسے بھی بادشاہ نے بہت زمین جائیداد دی۔ اسی طرح وہ سب سے پوچھتا گیا اور سب کو مال و دولت ملتی رہی۔ ساتویں لڑکی سے جب بادشاہ نے پوچھا بیٹی تم مجھے کتنا چاہتی ہو تو اس نے بہت پیار سے کہا۔ ''بابا میں آپ کو نمک کے برابر چاہتی ہوں۔ یہ سن کر بادشاہ کو جلال میں آگیا۔ کہنے لگا ''تمھاری بہنیں مجھ سے اتنا پیار کرتی ہیں اور تم نمک کے برابر؟''

وہ بہت ناراض ہوا اور چھوٹی بیٹی کو محل سے نکال دیا اور کہا اب کبھی یہاں قدم نہ رکھنا۔ وہ جنگل کی طرف چلی گئی۔ پتّوں اور لکڑیوں سے ایک جھونپڑی بنا کر وہاں رہنے لگی۔ بھوک لگتی تو جنگل کے پھل کھا لیتی۔ ایک دن جب وہ سو کر اٹھی تو دیکھا کہ رنگ برنگی چڑیوں کے پر ہر طرف بکھرے پڑے ہیں اس نے ان پروں کو جمع کیا اور ایک

چھوٹا سا ہاتھ کا پنکھا بنا لیا۔ دوسرے دن اس کو مزید پر مل گئے اس نے بہت سارے پر اکٹھا کر کے کئی پنکھے بنا لیے اور جنگل کے کنارے سڑک کے پاس جا کر بیٹھ گئی، اپنا چہرہ چادر سے ڈھانپ لیا، جو وہاں سے گزرتا پنکھا ضرور خریدتا۔

اتنے خوب صورت پنکھے انھوں نے کبھی نہیں دیکھے تھے۔ ایک بار ایک شہزادے کا ادھر سے گزر ہوا اس نے خوبصورت پنکھے سارے خرید لیئے، پھر شہزادی سے پوچھا تم کون ہو۔ اس نے کوئی جواب نہیں دیا اس کے خوبصورت ہاتھ بتا رہے تھے کہ اُس نے کبھی ایسا کام نہیں کیا تھا، پنکھے بنانے کی وجہ سے اُس کی انگلیاں زخمی تھیں۔ شہزادی پنکھے بیچ کر اپنی جھونپڑی کی طرف جانے لگی تو شہزادہ اس کے پیچھے جنگل میں آ گیا۔ وہ بضد تھا کہ شہزادی اپنے بارے میں بتائے کہ وہ تنہا اس جنگل میں کیوں رہتی ہے، مجبوراً شہزادی کو سب کچھ بتانا پڑا۔

شہزادے نے واپس جا کر اپنے والدین سے سارا ماجرا سنایا۔ ان لوگوں کو بھی دکھ ہوا، انھوں نے اپنے بیٹے کی شادی شہزادی سے کرنے کا ارادہ کر لیا اور پھر بارات لے کر جنگل میں گئے، دونوں کی شادی ہو گئی، مگر شہزادی اپنے والد کو بہت یاد کرتی تھی وہ خوش نہیں رہتی تھی۔ ایک دن اُس نے شہزادے سے کہا کہ وہ اپنے والدین سے ملنا چاہتی ہے۔ شہزادے نے اس کی خواہش پر زبردست دعوت کا انتظام کیا اور بادشاہ کو دعوت دی۔ شہزادی نے کہا سارا انتظام آپ دیکھئے، مگر اپنے والدین اور بہنوں کے لیئے کھانا میں خود تیار کروں گی۔ سارے مہمان آ گئے کئی دستر خوان ایک ساتھ لگے اور بادشاہ، شہزادیوں کے لیے اندر انتظام کیا گیا۔

وہ جب کھانا کھانے بیٹھے تو ان کی بیٹی سامنے آ کر بیٹھ گئی۔ اس نے نقاب پہن رکھا تھا۔ جب بادشاہ نے پہلا نوالہ لیا تو کھانے میں نمک نہیں تھا، دوسری ڈش نکالی، وہ بھی بغیر نمک کے تھی، تب ان کو

بہت غصّہ آیا کہ مجھے بلا کر یوں بغیر نمک کا کھانا کھلایا گیا۔ تب چھوٹی شہزادی نے اپنی نقاب ہٹائی اور کہا، ''بابا۔۔۔ میں آپ کو نمک کے برابر چاہتی ہوں۔۔ یہی کہا تھا ناں میں نے۔ نمک کے بغیر کسی چیز میں لذّت نہیں ہوتی۔''

بادشاہ چونک اٹھا۔۔ پھر اُس نے آگے بڑھ کر بیٹی کو گلے لگا لیا اور معافی مانگی۔ بہنوں نے بھی معافی مانگی اور اپنی بہن کو گلے لگایا۔۔ اور شہزادی نے سب کو کھُلے دل سے معاف کر دیا۔ مگر ان سب کو احساس دلا دیا کہ وہ غلطی پر تھے۔

***